Pierre Coran

L'ascenseur des dieux

roman

Le journal de Franck Harvet est de
Carl Norac

Deuxième édition revue et corrigée.
Première édition : Labor 2002.

M.E.O.

ISBN
Livre: 978-2-8070-0513-6
PDF: 978-2-8070-0514-3
EPUB: 978-2-8070-0515-0
DL: D/2025/7385/11
www.meo-editions.be
meo.edition@gmail.com

Photo de couverture: © *Emmanuel Codden de Pexel*
Divinités egyptiennes: © *Gordon Johnson de Pixabay*
Logo des éditions M.E.O.: © Monique Thomassettie, *"Rose des vents"*

L'avenir est un lieu commode,
pour y mettre des songes.

Anatole France

Un

Les lendemains d'exil, Franck Harvet s'applique à retrouver sa ligne d'horizon : sa région, sa maison, ses objets, ces choses qui vous collent au corps, aux yeux comme un sable de mer les jours de turbulences.

Franck a interrompu des études de médecine pour sillonner le monde alors que sa famille compte des praticiens depuis trois générations.

Sa mère, chirurgienne au CHU de Tivoli, a peu apprécié cette rupture de parcours et aujourd'hui encore, en marge d'un veuvage, elle s'en formalise.

Si la décision de Franck avait paru soudaine, elle n'était pas irréfléchie.

Depuis l'enfance, sans pratiquer un art particulier, il se pressent artiste. En des temps où maints jeunes hommes optent pour la boule à zéro, il garde les cheveux longs qui lui tombent sur les épaules.

Quand sa solitude se poisse de mélancolie et partant l'oppresse, Franck s'adonne volontiers à l'écriture.

Il encre des calepins qu'il empile, numérotés, entre mur et commode. Il les retrouve de temps à autre, toujours quand l'envie de repartir s'insinue, l'asservit.

De sa chambre, il aperçoit l'ascenseur funiculaire de Strépy-Thieu.

Ils ont grandi ensemble, drapés de même brume ou de même soleil.

Sans doute ce géant familier n'est-il pas étranger à l'attrait affiché par Franck pour le gigantisme des choses : de la flèche des tours au faîte des séquoias.

L'ascenseur hisse des bateaux de treize cent cinquante tonnes au-delà d'une dénivellation naturelle de quelque soixante-dix mètres, hier irrémédiable.

Harvet s'émerveille devant de tels travaux.

Son habitation, rue des Saules, est enserrée entre les deux canaux. Le jardin tombe à pic vers le nouveau. La façade donne sur l'ancien, à hauteur du quai de Maurage.

Jour après jour, Franck se réadapte aux images familières : le pont-levis, la maison pontière et ces oies, ces canards postés sur une porte de garde avec une suspicion de sentinelle. Il quitte la maison et, à V.T.T., emprunte le chemin de halage.

En contre-jour, il y a le soleil éclaté des futaies, le clapotis des berges et les SOS de corneilles s'agitant au-dessus de l'eau comme des chapeaux noirs.

Aux abords de Thieu, à la dérivation où les deux canaux brisent leurs parallèles, Franck monte à bord de l'antique péniche en bois qui stagne, à demi noyée, sur fond de cimenterie restée à l'abandon.

L'endroit lui plaît par son étrangeté. L'usine laissée aux rouilles exhibe des hangars, des jeux de passerelles, une cheminée gaufrée plus raide qu'un bougeoir et quatre silos hauts où, collé en chenille, un escalier de fer déroule ses spirales à jamais inutiles.

Dans des tournis d'écume, un bateau de plaisance émerge de l'écluse de jonction.

Harvet reconnaît le *Toscane* racheté par des bateliers de Houdeng-Goegnies à un pêcheur de crevettes hollandais.

Bien qu'il soit pourvu d'un moteur, ce bateau à fond plat est équipé d'une voile qu'Ophélia, la fille aînée des Romano, prend plaisir à hisser lorsque les vents d'ici deviennent favorables.

Le *Toscane* amorce une courbe vers la darse proche.

Ophélia découvre Franck assis sur le pont de la péniche. Aussitôt, sans autre regard, elle vire de bord et s'éloigne.

Comme sa mère, sa grand-mère, une aïeule, Ophélia se sent femme de bateau bien qu'elle ait choisi de ne pas naviguer.

En privilégiant une carrière d'ingénieur naval, la fille des Romano a rompu, elle aussi, avec la tradition, mais la famille en garde plus de fierté que d'amertume.

Depuis que le Canal historique du Centre est classé au rang de « patrimoine mondial de l'Humanité » par l'UNESCO, les Romano, l'âge venant, se sont reconvertis.

La mère travaille à la *Cantine des Italiens*, hier logis de travailleurs immigrés, aujourd'hui, espace provincial voué aux loisirs actifs et à la mémoire.

Près de là, le père promène des touristes et des écoles en péniche ou en bateau-mouche franchissant les anciens ascenseurs hydrauliques dans un décor propice aux bonheurs simples.

Les Romano ont élu domicile à proximité de la *Cantine*, Ophélia aussi. Elle vit seule dans une maison basse de la rue Tout-Y-Faut.

Ainsi, dans la région du Centre où le passé s'archive, le temps semble ouvert à la fusion des choses, au renouveau des êtres.

Ophélia aurait donc pu gratifier Franck d'un sourire et lui, la héler. Ils se sont ignorés.

Le différend qui oppose leurs familles est ancien et grave. Il date de l'époque où des femmes que la bourgeoisie surnommait « bêtes d'eau » halaient des péniches, de Charleroi à Bruxelles, en trois ou quatre jours. L'une d'elles, très malade, avait sollicité l'assistance d'un médecin qui ne se dérangea pas à temps. Faute de soins, la batelière décéda. La morte était une aïeule d'Ophélia, l'absent un aïeul de Franck.

Avec les ans, l'indifférence a suppléé la haine sans que l'offense s'atténue.

Franck s'en désole, d'autant qu'Ophélia lui semble nimbée d'un mystère proche de celui dont il aime se revêtir.

Une bruine orageuse s'effiloche et mouille les environs.

Franck quitte la péniche et regagne, songeur, sa chambre, son îlot. La fille des Romano lui encombre la tête. Sa froideur semble feinte.

Ophélia osera-t-elle, un jour, avec lui, braver les interdits ? Il y songe comme on s'efforce d'effacer un rêve noir qui vous poursuit alors qu'autour de vous, comme ici, domine la lumière.

Journal de Franck
Carnet 12
Premières pages

Quand je reviens d'ailleurs, je me retrouve au centre de moi-même, un peu égaré d'avoir dépassé l'image que vous renvoie en miroir le visage, d'être face à sa propre présence, presque invisible encore.

Je reviens d'Égypte. Je reviens toujours d'Égypte. Ce pays glisse souvent sous ma peau, avec la lenteur d'un scarabée.

Pour ma mère, depuis mon retour d'Égypte, ce sont deux jolies statuettes, celles d'Isis et Osiris que je lui ai rapportées et qu'elle a acceptées, émue, avec un évident plaisir.

Au pays des Pharaons, l'aventurier est souvent fanfaron. Moi, je ne rêve pas d'être un scribe ou un grand prêtre. Je n'ai pas l'intention de réveiller les morts qui dorment sous les collines de sable. Je n'accorde qu'une importance relative à l'architecture des temples et aux légendes, même si je me targue d'en connaître les moindres détours. Je ne me réincarne pas. Là-bas, je suis moi, simplement, un passant qui foule la poussière, un flâneur qui traverse le temps.

Quand je reviens ici, je pose un regard neuf sur mes racines. Je suis l'arbre qui se pencherait pour voir où il est planté. Ou la vague qui remonterait à l'envers, sur le dos des autres, pour comprendre qui la pousse.

Ce matin, j'en étais à ces pensées en quittant la rue des Saules. J'ai longé le canal historique pour laisser mes songes dériver avec la même mollesse apaisante que l'eau.

Je me suis assis sur la péniche en bois qui n'est plus à personne. C'est alors que je l'ai vue, elle, Ophélia, debout avec élégance à la proue d'un bateau gris : le Toscane.

Pas un signe. Elle est passée devant moi comme une ombre qui vous frôle sans vous toucher. Devant elle, je paraissais un simple parasite de la lumière, qui aurait seulement forme humaine. J'ai vu ses cheveux lui fouetter les épaules, ses yeux noirs qui possèdent une fixité de statue, son profil si bien dessiné qu'il fait penser à celui d'une princesse du Nil.

À l'instant où le Toscane m'a dépassé, moi qui aime le gigantisme, j'avais plutôt envie de me faire tout petit.

Pourquoi cette honte larvée à cause d'un aïeul duquel je sais peu ?

Je n'ai de lui qu'une photographie sur la cheminée. Il pose en costume d'équitation sans doute pour regarder les gens de haut. Orgueilleux, il ne se déplaçait pas pour ceux qu'il considérait, m'a-t-on dit, comme des voleurs privilégiant les canaux afin de mieux emporter leurs rapines. À sa manière, toute bourgeoise et policée, c'était un salaud, mon ancêtre.

Mais en quoi suis-je responsable de son manque d'âme, de l'esprit étroit de son temps ? Faut-il que la haine se transmette, plus fluide que le sang, pour se glisser partout, même dans les yeux noirs d'Ophélia ?

Après son passage, j'ai essayé au fil de l'eau de reprendre un autre fil, celui de mes pensées. Et là, une évidence m'a sauté au visage. Je vais devenir un homme assis, un quidam. J'avais choisi le monde pour paysage. Je voulais être celui qu'aucun chemin n'arrête.

Je sens que je m'endors, déjà vautré sur cette berge à débiter trop souvent des rêves de gloire comme on se chercherait des poux sur la tête.

Mais je vais réagir. Je le sais. Il ne peut en être autrement.

Si rien ne se passe, je partirai autre part. Cette fois, à jamais.

Ma mère me dit, ironique, que je suis un aventurier discret. Comme si elle était un peu jalouse. Au dîner, je lui ai répondu par quelques mots, définitifs : « Les aventuriers discrets parmi lesquels tu me places paraissent inoffensifs. Personne ne les soupçonne. C'est pour ça qu'ils sont souvent ceux qui renversent le monde. »

Deux

La rumeur prit naissance du côté du Tiriau du Luc et, à l'image du ruisseau, elle se répandit, tortueuse, au sein de la région.

Quelqu'un aurait vu, à la tombée du soir, un cercueil dériver sur le nouveau canal puis disparaître brusquement dans les profondeurs, à hauteur du pont proche de l'ascenseur géant.

Cette rumeur, par son invraisemblance, aurait dû s'étioler. Contre toute attente, des médias lui donnèrent écho.

Dès lors, elle s'enfla.

Le couvercle du cercueil en devint transparent. Il laissa paraître un visage avant que la boîte ne s'écartèle et prenne feu.

Depuis, sur le lieu présumé du naufrage, des curieux se rassemblent. Chacun, à sa façon, croit bon de commenter le prétendu mystère.

On parle d'une vision de quelque illuminé, de canular estudiantin, voire d'arnaque touristique, mais le doute subsiste.

Ophélia refuse de se laisser fasciner par la mort. Un cercueil n'est pour elle qu'une boîte à dépouille. Sa raison occulte ses rêves éveillés. Aussi se tient-elle en marge de l'on-dit, même si le *Toscane*, dans la matinée, a emprunté la zone de dérive.

Alors que des hypothèses circulent à propos du cercueil abandonné aux flots, une insécurité s'est installée dans la région du Centre. Le site de Strépy-Thieu, d'ordinaire paisible, s'encombre, à toute heure du jour, de va-et-vient désordonnés. Et ça papote, et ça invente, alors que personne ne sait.

Franck évite de se mêler aux gens de la rumeur. Il n'est pas homme à se laisser gagner par les effervescences.

Journal de Franck
Carnet 12
Une seule page, encore bleue, effaçable

Devant les autres, je n'ai pas bronché. Pas d'enthousiasme. Le silence est parfois mon arme secrète.

Le titre du feuilleton serait : Franck, l'impassible. Un air savant et détaché. J'ai bien travaillé mon personnage, depuis si longtemps. À l'école, déjà, c'était ma carapace. Face aux autres, aujourd'hui, je suis resté froid. Mais je bous à l'intérieur. Je l'avais dit. Je l'avais voulu si fort. Il se passe quelque chose ici, à portée d'un souffle, pas un fait divers minable, pas une histoire de fesses, d'héritage ou de braquage. Un cercueil sur le canal comme une barque céleste à la dérive.

Du grand spectacle. Un cadavre est en feu et, partout, les lèvres des gens s'enflamment d'en parler. Elles brûlent enfin.

Trois

À peine la rumeur paraissait-elle éteinte qu'elle se revivifia.

À l'heure des pêcheurs, quand l'aube qui va poindre embrume la voie d'eau, l'un d'eux aurait vu une femme rôder à hauteur du pont où le cercueil sombra. La dame, éclairée par des ombres noires portant flambeau, était habillée de blanc et coiffée d'un casque à tête de vache.

Lentement, elle aurait gravi la colline jusqu'au belvédère avant de disparaître, d'un seul coup, dans un tourbillon de poussière.

Une fois encore, la rumeur s'amplifia au relais des bouches. L'inconnue fut repérée, du côté des Houdeng, chevauchant un alezan ailé.

La presse écrite privilégie l'hallucination, le mirage, et rappelle, à propos, qu'en 1909, l'Américain Robert Peary, le premier vainqueur du pôle Nord, en cherchant dans cette immensité un passage entre l'Atlantique et le Pacifique, se heurta à une gigantesque chaîne de montagnes qui s'avéra, plus tard, imaginaire.

Elle met en exergue un cas récent d'hystérie collective, un mystérieux homme-singe ayant semé la panique dans les rues de New Delhi. De nombreux habitants de la capitale indienne, victimes d'attaques nocturnes par morsures, avaient décrit l'agresseur tantôt comme un hominidé pourvu de serres métalliques, tantôt comme un félin aux yeux luminescents. La monstrueuse créature n'était, selon les experts, que « le pur produit de l'imagination de personnes émotives ».

De telles révélations auraient dû tempérer sinon annihiler l'effet du bruit qui court. Il n'en est rien, au point que la peur engendre une nette baisse de fréquentation des bateaux de plaisance sur le canal historique.

Les autorités communales, jusque-là discrètes, à raison s'en émeuvent.

Une réunion d'information organisée à la Cantine des Italiens ne reçoit qu'un succès d'estime. Les gens, le soir, se déplacent moins qu'avant. La rumeur engendre la crainte.

Insaisissable tant la source reste cachée, elle a les faveurs des machiavéliques et des sots. Qui apprend la rumeur éprouve d'abord l'envie de la croire, de la répéter, si bien que le mensonge le plus fabriqué finit par se muer en vérité. C'est ce qu'un professeur de psychologie de la Haute École de Morlanwelz est venu expliquer.

Ophélia est arrivée en retard. Elle cherche quelqu'un des yeux, ne le trouve pas.

Serait-ce Franck ?

Elle écoute, sans intervenir, le professeur qui fait appel au bon sens et réclame plus de modération dans les propos colportés. Il insiste sur l'anonymat qui entoure les ragots, à la source, et selon lui, en déforce la crédibilité. « La rumeur, conclut-il, que Victor Hugo appelait “la fumée du bruit”, de toute éternité, n'est jamais gratuite. Un cerveau la pense, des bouches la propagent et sont complices, à leur insu. Tôt ou tard, la rumeur salit et, dans les cas extrêmes, elle tue. »

Ophélia Romano ne se départit pas d'un étrange sourire. Que cache-t-il ?

Franck ne se montre pas, bien que les prétendues visions l'interpellent.

La similitude entre le cercueil voguant sur la nouvelle voie d'eau et la légendaire errance, sur le Nil, du coffre dans lequel le dieu Osiris fut enfermé et jeté dans le fleuve par le dieu Seth, son frère impie, le comble. La ressemblance entre la femme en blanc escortée d'ombres et la déesse Isis accompagnée de scorpions à la recherche de l'époux captif le ravit.

Lors d'un récent séjour en Égypte, Franck a admiré, du Caire à Assouan, tout un passé debout narguant l'ère uniforme de la modernité. Il en a ramené des déluges d'images qui le hantent souvent.

Quand il lui arrive, certains soirs d'euphorie, de fusionner, en songe, son canal et le Nil, les colosses de Memnon et l'ascenseur géant, Harvet se sent titan jusqu'à l'aube nouvelle.

Sur la brèche depuis la propagation des rumeurs, *Antenne Centre*, la télévision communautaire, multiplie les recherches en vue de localiser les témoins des prétendues visions. En vain. Il en fut ainsi lors de l'affaire des granges brûlées.

Qui a intérêt à distiller de semblables rumeurs ?

À qui veut-on nuire en alimentant une peur collective ?

L'aura du nouvel ascenseur est-elle visée par cette phobie organisée ? Pour quelle raison l'anonyme lui donne-t-il une connotation légendaire sur fond d'Égypte ancienne ?

Autant de questions que beaucoup se posent. L'absence de réponse sensée laisse le champ libre aux délires.

Ce qui aurait pu, à l'origine, n'être qu'une plaisanterie se mue en « affaire ». Les médias s'aventurent à émettre des probabilités. La région craint une escalade.

Ophélia navigue plus fréquemment, comme si elle espérait que la vue de son bateau sur l'un et l'autre canal puisse exorciser les peurs et apaiser les consciences.

Franck ne se rend plus sur la péniche à demi engloutie.

Il observe le *Toscane* avec des jumelles de campagne. Sans doute aimerait-il accompagner la fille des Romano et lui parler des dieux, lui crier aussi qu'une indignité ancienne ne se porte pas tel un crêpe à un drapeau, fût-il familial. Mais c'est là encore, il le sait, un souhait illusoire.

Journal de Franck
Carnet 12
Écriture nerveuse, en diagonale, encre bleue

Ophélia !

Peut-on tomber amoureux d'un être précisément pour la raison que l'approcher semble impossible ?

Sans doute. Même si la question hante davantage les scénaristes que les philosophes. La séduire, ce serait comme faire passer un bateau au-dessus d'une montagne. Pure utopie. Mais il y eut marin plus rêveur que menteur. Et aujourd'hui, l'ascenseur !

Ophélia !

C'est vrai que la voir me transporte. Ce soir, j'étais ridicule, à l'observer de loin si intensément, puis à plonger dans mon pull dès qu'elle daignait tourner la tête dans ma direction. Ma timidité m'apeure autant que mon romantisme éculé. Si ma mère savait ça, elle serait écroulée de rire. Je n'ai pas hérité son côté raisonnable. Je suis plutôt du côté du poète Achille Chavée, qui disait qu'il faudrait exiger de chacun un certificat de folie provisoire.

Ophélia me suffit pour délirer. Je la vois partout. Je la trouve derrière chacune de mes pensées. Je la devine dans chacun de mes gestes. Pourtant, je le jure : je n'aime pas l'amour passion à la sauce des comédies musicales d'aujourd'hui. Du Shakespeare en poudre. L'épopée en fast-food. Cléopâtre dans son loft. Mais je ne peux pas m'en empêcher. Même si le cliché me fait frémir, je sais que je ferais n'importe quoi pour lui ôter son masque de glace. Y compris des bêtises. Je boirais tout le Nil, je boirais tout le Nil... répète sans cesse le chanteur préféré de la voisine, à l'endroit de la griffe sur son vieux vinyle.

Quelle soif !

Ophélia !

C'est vrai : j'ai soif d'Ophélia. L'épier en voyeur, avec des jumelles, la boire ainsi du bout des yeux ne me fait nullement honte. Merveilleuse optique qui me rapproche de son visage. Alors, les distances, celles qui se mesurent et celles d'un passé qui saigne encore, se nient. Soudain, à portée d'un regard, Ophélia devient ma presqu'île.

Quatre

Ce n'est plus un on-dit, mais un acte insolite dans la rumeur.

Dans la nuit de dimanche à lundi, une statuette en bronze à l'effigie d'Isis allaitant Horus a été dérobée au Musée royal de Mariemont.

La nouvelle a été confirmée par les informations matinales de Vivacité.

Le voleur a mis à profit une défectuosité momentanée du système d'alarme et a agi avec un sang-froid peu commun en dépit des rondes.

Le service judiciaire de la Zip, la zone interpolice, a procédé aux constatations et va effectuer les recherches.

Le chef de zone a confié l'enquête à la commissaire adjointe, Claudine Bakir, vingt-neuf ans, petite-fille d'une famille d'anciens mineurs de la région.

Ophélia et elle, durant l'enfance, ont chanté dans une chorale ouvrière de Bois-du-Luc.

Cette fois, les médias s'emballent. La plupart louent ce nouveau Lupin pour le raffinement qu'il affiche, son adresse et sa non-violence.

Un hebdo l'ayant baptisé « fou d'Isis », l'appellation est reprise par d'autres journalistes.

À la une de la presse écrite, l'affabulation rivalise avec l'esprit de réserve, mais plus personne n'est indifférent à « l'affaire ».

La commissaire ne s'en plaint pas. Elle n'est pas dupe. Cette notoriété va peut-être inciter le voleur à sortir de l'anonymat où il se complaît. Elle sait, par expérience, que les contre-exemples ne sont pas rarissimes. Les forfaits du dépeceur de Mons, surmédiatisés et non résolus, en témoignent.

Bakir, aidée par l'inspecteur Grégoire Aslan, organise les tâches de routine : les constats, les auditions, le porte-à-porte. En pure perte. Personne n'a vu ni entendu quiconque, ni dedans ni dehors. Les interrogatoires du personnel du musée confirment l'impression première : une complicité intérieure semble exclue.

La panne est survenue une heure avant la fermeture dominicale. Le système de détection devait être réparé le lendemain matin.

Au premier étage, dans la salle Égypte, le voleur n'a pas brisé la vitrine A7 des *Croyances funéraires*, mais crocheté les deux serrures.

Un détail intrigue les enquêteurs : pourquoi l'auteur du larcin n'a-t-il emporté qu'une statuette en bronze alors que dans la même vitrine étaient exposés un scarabée de cœur en jadéite, un œil oudjat en faïence, des colliers en calcédoine, autant de raretés à portée de main ?

En supposant qu'il se soit laissé enfermer dans le musée, le dimanche en fin d'après-midi, ce qui est quasi certain, il aurait eu le loisir d'enrichir son butin avant de disparaître.

Il s'en est abstenu.

Faut-il en conclure que le voleur est un provocateur, et son butin un prétexte, à moins qu'il soit un collectionneur opportuniste étranger aux rumeurs ?

La façon dont il est sorti du musée reste une énigme.

Pourquoi un dimanche, alors que le lundi est jour de fermeture et qu'en théorie, vu la panne du système de détection, il lui serait moins ardu de quitter les lieux ?

Le « fou d'Isis » est organisé. Il sera difficile de l'épingler.

Franck s'en réjouit. Les faits divers sont d'habitude si navrants. Un tapage médiatique autour d'une légende d'un pays qu'il vénère ne peut que le charmer.

Cahier de poésies de Franck
Couverture noire, encre noire

Au bord du Nil,
La lune était descendue sur terre,
S'était posée là-bas, plus loin, sur les pentes d'une île.
Ils étaient quatre à vouloir prendre le bateau.
Le premier homme se noya dans le brouillard.
Le deuxième tomba d'une falaise.
Le troisième nagea, puis sombra.
La barque était arrimée au large.
Le quatrième put l'atteindre.
Sur l'île où l'homme accosta,
La lune l'attendait.
Dans un reflet de l'astre nocturne,
Il vit Isis allaitant Horus
Et il vola cette image.

Cinq

Ils sont arrivés à la tombée du soir, en Land Rover et Cherokee. Ils ont empilé des bottes de paille et des cageots non loin de la colline Saint-Pierre.

Ils ont posé sur le canal des lanternes allumées.

Ces inconnus bizarrement accoutrés d'une pèlerine écarlate font éclater des fusées de détresse.

Alertés par les pétarades, des curieux se pointent.

La nuit rend l'endroit plus étrange, voire solennel.

Les pèlerins ont allumé des torches de cire jaune. Ils marchent en cadence autour de la pyramide et psalmodient.

Une torche touche la paille, une autre, une autre encore, toutes qu'une brise active.

Pas de clameur, mais une sarabande de bras levés, baissés, levés, pareils à ces oiseaux de bois qui s'accrochent aux plafonds et que des fils agitent.

Des autos, peu à peu, se parquent dans l'espace qui leur est réservé au pied de l'ascenseur funiculaire.

De temps en temps, les danseurs s'arrêtent, et l'un d'eux, à l'aide d'un porte-voix, multiplie les incantations.

Il en appelle aux démons du feu purificateur pour faire fuir de ces lieux les esprits des chemins. Puis la sarabande reprend en changeant de sens.

La foule se tient à distance du bûcher. Certains badauds, plus téméraires, s'en approchent et singent les danseurs.

Ophélia est là, discrète, attentive.

Autour d'elle, des langues se délient.

– Ce sont des illuminés qui vivent sous tente à l'orée des Hauts Bois. Ces zozos prétendent dialoguer avec le Malin pour faire taire les rumeurs, dit quelqu'un.

– À moins qu'ils n'en soient la source, ironise une voix.

Une sirène perturbe les murmures.

– Les pompiers !

Bientôt, les lances se déroulent, se gonflent et vomissent leur eau sur la pyramide de cageots qui s'effondre dans des soubresauts de fumée.

Les danseurs n'ont pas reculé. Ils demeurent, immobiles, les bras au ciel sous le déluge d'eau.

Des gyrophares bleuissent les hauteurs.

– La police !

Très vite, des agents se déploient, ils incitent les curieux à regagner leur domicile.

L'un d'eux s'époumone à répéter des « il n'y a rien à voir » à des gens qui ont vu.

Ophélia, songeuse, regarde les cendres mouillées que des mains emportent en guise d'amulettes, de gris-gris saugrenus, puis elle s'éloigne parmi d'autres personnes qui rentrent sans éprouver l'envie de se parler.

Franck ne s'est pas dérangé. Dans ses jumelles, il a observé le bûcher un court moment, plus navré que séduit par cette mascarade.

Six

L'acte est sordide.

Six chats disparus, coup sur coup, du côté des rues Tombou et avoisinantes, ont été retrouvés empoisonnés et pendus à un arbre de la rue du Gouffre.

Les cadavres ont été bardés de bandelettes, maladroitement, comme si le tueur avait voulu momifier les matous.

Le mobile est obscur. L'acte ne peut avoir été conçu que par un cerveau morbide. Mais l'heure est moins à la réflexion qu'à la vengeance, tant la colère est vive dans le quartier sans chats.

Bakir tente de calmer les plaignants. Elle connaît les lieux pour y avoir vécu une partie de son enfance. Un des chats, un persan superbe, est celui d'une tante.

Emporter les bêtes à des fins d'analyse ne se fait pas sans peine. Chacun veut garder sa bête et l'enterrer dans le jardin.

La raison l'emporte.

La nuit, désormais, des habitants effectuent des rondes.

Le jour, les rideaux des maisons tremblent, et ce n'est pas le vent.

La pendaison des chats diabolise l'endroit.

Un commando s'est rendu aux Hauts Bois, mais les pèlerins avaient levé le camp.

Des fleurs sont déposées au pied de l'arbre promu gibet.

Des mains anonymes suspendent aux branches des ex-voto ridicules. Mais la psychose est telle que personne n'en rit.

Les autorités s'en inquiètent.

Une réunion de crise est programmée. Il faut en finir.

Si un cercueil a été réellement aperçu sur le nouveau canal, il doit stagner au fond du bief d'aval.

Sa probable absence calmerait l'esprit des crédules et enrayerait la contagion.

Une exploration des eaux s'impose, à hauteur du pont Cordier.

Journal de Franck
Page griffonnée, puis arrachée

Tout s'accélère. Le sang coule. Sang chaud. Sang de chat. Mal au cou. Mal à l'âme. Beaucoup de bruit. De fureur. La nuit entre dans les hommes.

L'amour, c'est pour les autres, pour les ombres.

Où suis-je en moi ?

Ténèbres. Pour quel voyage ? Ténèbres encore.

La rumeur ne s'arrête pas avec l'encre. Alors, silence !

As-tu peur ? De qui ? De quoi ? De toi ?

Sept

Autour de l'ascenseur funiculaire, les riverains s'interrogent.

Un cordon de police a investi le site.

Des hommes-grenouilles se harnachent puis se glissent dans l'eau.

Commence le rite des plongées, des remontées, des avis échangés et des conciliabules.

Et le temps court…

Des habitants sortent des maisons, des curieux les rejoignent que des agents repoussent.

Une grue plantée sur le pont incline son bec d'acier où pendouillent des chaînes qui se tendent par à-coups.

La foule se délie et soudain s'ahurit.

Une voiture qui fut bleue émerge d'un enfer de remous, de bulles et d'écume. La grue lève haut sa pêche qui ruisselle.

Des gens proches du site voient ce que la police voudrait qu'ils ne voient pas.

Dans l'auto sans immatriculation, un corps gît. Des mains le sortent de l'habitacle. Une bâche aussitôt le recouvre.

Bakir et Aslan tentaient de fermer des pistes, ils ouvraient un boulevard.

Et les bouches, en écho, s'activent à propager la découverte.

Déjà, le rite recommence. Les hommes-grenouilles reprennent leur ballet.

D'un seul coup, c'est le tollé. La foule se crispe.

– Le cercueil !

À la surface de l'eau, deux des plongeurs maintiennent un coffre tel un trophée.

La commissaire de police est éberluée. Elle ne s'attendait pas à cette remontée. Le prétendu cercueil n'était donc pas un mirage.

Le coffre est déposé sur la berge, traîné de l'herbe au combi qui s'éloigne aussitôt, sirène hurlante. Le bois du coffre, par sa nature, ressemble à celui des épaves romaines retrouvées lors du creusement du canal et aujourd'hui exposées dans un musée d'Ath. Ce n'est sans doute là qu'une coïncidence, mais la rumeur renaît.

Déjà, la foule qui a peu vu devine et s'invente un mystère.

Et le coffre redevient cercueil, et le cercueil cache un cadavre, et le cadavre est momifié. Comme les chats.

Huit

Quatre policiers cernent les environs de la rue du Gouffre.

Leur combi bloque l'entrée du pont.

Bakir s'approche d'une maison. Elle frappe à la porte qui s'entrouvre.

Un homme apparaît sur le seuil. Il porte une casquette, un large tablier de travail et des sabots.

– Police fédérale ! dit Bakir qui se présente.

– Je vous connais, dit l'homme. Vous avez joué dans le coin quand vous étiez gamine.

Elle acquiesce sans s'attendrir et demande à l'inconnu de décliner son identité.

Ce qu'il fait.

L'inspecteur Aslan intervient. Il montre un papier et annonce d'une voix ferme :

– C'est un mandat de perquisition, Monsieur.

L'homme balbutie :

– En… entrez.

Il semble mal à l'aise, mais pas vraiment surpris.

Deux agents ont rejoint les inspecteurs. Ils envahissent la maison.

L'un d'eux s'écrie presque tout de suite.

– Patron, regardez !

Il tend à Bakir un rouleau de bandelettes.

L'homme est blême.

– À quoi ça sert ?

L'homme bafouille :

– Je… je m'en sers pour… pour renforcer mes paniers à pigeons.

Aslan surgit :

– J'ai le cyanure.

Cette fois, l'homme s'empresse de réagir :

– J'utilise cette poudre pour détruire les taupes.

La commissaire se plante devant lui et le regarde, droit dans les yeux. L'autre tente de soutenir le regard puis s'en abstient.

– Je vais vous raconter une histoire, Monsieur, commence-t-elle, sans animosité particulière.

– Ah, bon ?

– Oui, Monsieur, une histoire que vous connaissez déjà.

– Qui ? Moi ? grogne l'homme, atterré.

– Il était une fois un colombophile qui détenait un champion en vol et quelques futurs au nid. Des merveilles ! Une nuit, un chat s'introduit dans le pigeonnier. Il trouve le champion à son goût et l'emporte. Au matin, il ne reste de celui-ci qu'un tas de plumes au fond du jardin. Peut-être même, en guise d'amuse-gueule, le matou a-t-il croqué les pigeonneaux. Peut-être aussi qu'ils étaient deux, les matous, deux ou trois ?

L'homme ne proteste pas.

La commissaire en profite :

– Alors, le colombophile sans champion entre dans une grande colère, ce qui est normal. Ce qui l'est moins, c'est qu'il attire les chats du quartier et les empoisonne comme les taupes du potager.

L'homme paraît résigné. Il garde les yeux baissés.

– Il a une autre idée, le colombophile, reprend Bakir, imperturbable. Pourquoi ne pas profiter des bruits qui courent et imputer ses six crimes au fou dont on parle tant dans les gazettes ? Il a vu, à la télé, des chats momifiés.

Pour faire plus vrai, il entoure les matous morts de bandelettes et les pend. Personne ne songera à moi, qu'il se dit, le colombophile.

Le suspect est livide et comme soulagé.

– Alors, vous, qu'est-ce que vous faites ? interroge Bakir. Vous participez aux rondes de nuit. Pas un voisin ne se méfie de vous. Personne… Seulement voilà, sur un des chats, le persan à la longue et soyeuse fourrure, le labo de la police découvre des traces d'excréments, pas très visibles, mais suffisamment pour détecter de la fiente de pigeon. Et comme, dans le quartier, il n'y a qu'un seul éleveur de pigeons voyageurs, la police vient le voir et qu'est-ce qu'elle trouve ?

Aslan exhibe les bandelettes et le bocal de cyanure.

L'homme, d'un seul coup, se hérisse, crie son chagrin et sa haine des chats qu'on laisse vagabonder à la tombée du soir. Il évoque, en grondant, une perte financière et son veuvage, récent, qui a creusé en lui et dans sa maison un grand vide.

Pour Bakir et les autres, l'heure n'est pas à l'apitoiement.

Une piste est close. L'empoisonneur des chats n'est pas le fou d'Isis.

Neuf

Malgré l'heure matinale, le restaurant de la *Cantine des Italiens* est animé.

La Zip y organise un point presse.

Le chef de zone est d'un abord rassurant et courtois.

– Dans un souci de transparence, souligne-t-il, il nous a semblé nécessaire d'enrayer les rumeurs présentes afin d'éviter que de nouveaux ragots ne troublent plus encore la quiétude d'une région bénéficiant d'un regain de prospérité tant économique que touristique autour des deux canaux.

Le gradé n'encombre pas son discours de propos de convenance ni de mots inutiles.

– La statuette du Lupin et la pêche des hommes-grenouilles paraissant liées, il a été décidé, au niveau du Parquet, de ne pas mettre à contribution la Zip de La Louvière qui a d'autres chats à fouetter.

Cette allusion aux pendus de la rue du Gouffre déclenche quelques rires.

– Ma zone est donc autorisée à mener l'enquête hors-Zip avec, comme il se doit, l'assentiment de mon collègue de La Louvière. C'est dans ce contexte particulier que notre équipe a pu identifier l'embaumeur de matous. Venons-en aux faits !

La salle de presse est attentive : du stylo qui gratte au micro tendu.

– N'épiloguons pas sur la dame en blanc du belvédère. Cette hallucination collective peut s'expliquer quand on sait qu'une personne sur trois croit aux tables tournantes et aux extraterrestres.

Quelques sourires s'esquissent.

– Sérions les événements : la voiture sans plaque d'immatriculation retrouvée sous le pont, à quatre mètres cinquante de profondeur n'était plus pourvue de papiers d'identification. Il fallait s'en douter. Par contre, le numéro du moteur qui n'a pas été trafiqué nous permet actuellement d'orienter des recherches. L'auto ne recelait pas de cadavre comme des bruits fantaisistes ont essayé de le faire croire, mais un mannequin mâle, sans tête, qui portait un poignard enfoncé à hauteur du sexe.

Une voix demande :

– Croyez-vous que la présence de cette voiture et du mannequin ait un rapport avec l'anonyme qui distille les rumeurs ?

Le chef de zone ne marque aucune hésitation.

– Non. Ni l'auto volée ni son mannequin poignardé ne collent au profil de l'inconnu. C'est un raffiné. Le choix de la statuette en atteste. Jusqu'ici, le chouchou de vos colonnes, fidèle à sa réputation, n'a commis aucune violence.

Impatiente, une journaliste brandit son micro et s'insurge :

– Nous savons peu ou pas assez sur le contenu du coffre repêché. En nous laissant dans l'ignorance, vous favorisez les rumeurs.

– Vous avez raison, Madame, admet le chef de zone, mais nous n'avons pas tort. Une enquête sérieuse repose sur la discrétion de celles et ceux qui investiguent. Il n'y a pas eu de fuite, ce qui me réjouit. Aujourd'hui, nous sommes en mesure de vous révéler ce que contenait ce coffre.

Le chef de zone se tourne vers la commissaire et du regard l'invite à répondre.

– Le prétendu cercueil, dit celle-ci avec ironie, est un coffre en bois précieux comme celui du dieu Osiris. Il ne contenait pas de cadavre coupé en morceaux et dès lors, je ne suis pas désolée de décevoir les plus pressés d'entre vous qui ont relayé ce faux bruit.

Bakir, d'un naturel convivial, sait faire preuve de fermeté si les événements l'exigent. C'est ce qui fait sa force et suscite l'estime.

– Le coffre contenait un pot de miel de lotus, un violon sans son archet, un petit violon de débutant et un bouquet de fleurs séchées.

L'herboriste consulté est formel : il s'agit d'une plante jaune à fleurs parfumées du nom de mélilot. Selon la légende, des fleurs de mélilot accompagnaient Osiris le long de son parcours forcé sur le Nil. Mélilot signifie, en grec, miel de lotus, ce qui justifie sans doute la présence du pot. Tout ceci prouve, s'il le fallait encore, combien le fou d'Isis, comme vous le surnommez, est un être cultivé ou qui se veut tel.

– Et le violon ?

– Dans ce contexte, le violon pose problème, avoue Bakir. Sa présence, à ce jour, ne s'explique pas.

Elle marque un temps pour souligner sa perplexité souriante.

Une nouvelle voix s'élève :

– Où en est l'enquête sur le vol de Mariemont ?

L'inspecteur Aslan intervient :

– Au point mort ou presque. Le surnom du voleur n'est pas surestimé. Il n'a laissé aucune empreinte, aucun indice.

– Peut-on supposer qu'il ait provoqué la panne du système de détection ? dit une autre voix.

Bakir hausse les épaules.

– Ce n'est pas une certitude, soupire-t-elle. Quoi qu'il en soit, le voleur a profité de cette défectuosité pour agir. Il choisit un dimanche pour se laisser enfermer dans le musée, ce qui, en l'état, n'est pas difficile. Il ne brise pas la vitrine de protection, mais crochète les deux serrures. Comment est-il parvenu, le lundi matin, jour de fermeture, à sortir du musée sans être vu ? Mystère !

La journaliste se replace :

– Pour quelle raison, selon vous, le voleur n'a-t-il pas emporté d'autres objets de valeur ?

– C'est un autre mystère, dit Aslan, évasif. Les motivations de l'inconnu sont difficiles à cerner.

Le chef de zone se lève. Bakir et Aslan l'imitent.

Après le merci d'usage, le trio s'en va.

– Claudine !

Ophélia semble ravie de revoir son amie d'enfance. Elles s'embrassent. Il s'établit

un bref conciliabule qui n'échappe pas à Franck venu là en curieux.

Ophélia a-t-elle remarqué sa présence ?

Les deux femmes se séparent.

La fille des Romano a le front soucieux des gens qui ont peine à garder un secret.

Dix

Franck l'aperçoit avant qu'elle sonne. Il pressentait sa venue.

– Bonjour, Commissaire!

Il la fait entrer, lui propose un siège qu'elle accepte, une boisson qu'elle refuse.

– Monsieur, vous êtes passionné par le monde en général et l'Égypte en particulier, surtout l'Égypte ancienne.

Il l'interrompt:

– Qui vous l'a dit?

– Je le sais.

– Ophélia Romano?

Elle hésite:

– Oui.

– Hier?

Elle ne nie pas.

Ainsi, à l'issue du point de presse, c'est de lui qu'elles parlaient.

Franck reprend, d'un air détaché:

– Vous n'ignorez pas dès lors qu'un démêlé ancien – appelons ça ainsi – oppose nos deux familles?

– Je suis au courant.

– Bien, je vous écoute.

Bakir est impressionnée. La franchise de Franck l'étonne et la rassure.

– Les médias ont reçu une lettre composée sur ordinateur, non signée, mais dont l'auteur est sans nul doute le voleur que nous recherchons. Le message est à décoder. Je souhaiterais être éclairée avant que certains chroniqueurs s'épanchent en hérésies. Pouvez-vous m'aider ?

Elle lui tend un feuillet. En marge des mots, une photo de la statuette volée est scannée.

Franck esquisse un sourire indéfinissable.

Bakir le remarque. Elle se tait.

Un silence s'établit.

Harvet n'accorde d'abord au texte qu'un regard distrait. Il semble ailleurs, mais se ressaisit vite et lit à voix haute :

JE SUIS COMME OUNNEFER
QUI SILLONNA LA TERRE
AVEC UN BLEU-VERT,
AVEC UN JAPPEUR.

COMME LUI ET COMME EUX,
À L'IMAGE DES DIEUX,
JE PRÔNE LA DOUCEUR.

Un nouveau silence.

La commissaire regarde Franck tel qu'il est et non plus tel qu'elle croyait qu'il était. Les solitaires supposés bourrus et qui se révèlent charmants déconcertent, séduisent aussi.

Franck relit le message en marquant des pauses, plus concentré qu'indécis.

– Je suis prêt, dit-il enfin.

Elle sort un dictaphone de son sac, le lui montre :

– Je peux ?

Il acquiesce d'un signe de tête.

Elle le lui tend.

Il la regarde, à la fois songeur et méfiant, observe l'appareil un court instant puis se décide :

– C'est quand il choisit de conquérir la Terre que le dieu-roi Osiris fut surnommé Ounnefer.

Harvet s'interrompt. La démarche de la commissaire l'interpelle. L'approche est-elle vraiment dictée par le décryptage souhaité ou un prétexte masquant une stratégie ?

Il poursuit néanmoins :

– Ounnefer, c'est le dieu bon qui ne désire pas asservir les humains, mais au contraire contribuer à leur salut.

Il marque un nouveau temps mort.

Le silence dure.

Bakir patiente. Le comportement de son interlocuteur éveille en elle une suspicion qu'elle s'efforce de dissimuler sous un sourire figé.

– Le bleu-vert, continue Franck, sans passion, c'est le dieu Thot que l'on retrouve sous divers déguisements et notamment changé en ibis dont les pattes et la queue sont bleues comme le lapis-lazuli, et vertes comme le jade.

Il s'inquiète de la clarté de ses explications.

Elle le rassure.

Il poursuit, plus serein :

– Le jappeur est tout simplement le dieu Anubis représenté sous la forme d'un homme à tête de chacal. Il fut, avant qu'Osiris le remplace, le grand dieu des morts et devint, par la suite, celui de l'embaumement.

Une fois encore, Franck s'arrête, interroge la commissaire du regard avant de conclure :

– Thot et Anubis accompagnent Osiris, donc Ounnefer dans son long périple de conquérant et, comme lui, ils préfèrent à la violence la douceur et la persuasion.

– C'est pourquoi, conclut Bakir, l'auteur de ces vers s'identifie au dieu Osiris, d'où la non-violence qui imprègne ses actes. Je comprends.

Harvet lui rend le dictaphone.

– C'est la première fois que Lupin établit un contact ? demande-t-il, ironique.

La commissaire hésite. Elle répond, indécise :

– Oui, en quelque sorte.

Il n'insiste pas.

Elle dit, négligemment :

– Encore une question.

Il se contient, réagit :

– Le violon du coffre…

– Oui ?

– S'insère-t-il, selon vous, dans toute cette affaire ?

– Pas à ma connaissance !

Elle fait mine de partir, mais, sur le seuil, se ravise :

– Je possède un autre message, moins savant, plus explicite.

Elle lui remet un papier. Des mots sont découpés et collés :

FH DE LA RUE DES SAULES SAIT TOUT SUR LE CERCUEIL ET LA STATUETTE

– La prudence des lâches ! s'exclame Harvet. Je suppose que je suis le seul FH de la rue des Saules et que vous l'avez vérifié ?

Elle confirme d'un battement de paupières.

Apparemment excédé par ce soupçon, Franck change soudain d'attitude. Il gronde, perfide :

– Libre à vous, Madame, de me croire le fou d'Isis ou le Lupin de Mariemont. Pour cet esprit qui perturbe une région, certes, mais surtout la réveille et l'anime, j'éprouve quelque admiration. Pas vous ?

Le mutisme de Bakir est un aveu.

Harvet pavoise.

C'est l'au revoir.

Elle s'éloigne.

Il la rappelle :

– La presse a reçu cette sottise ?

– Non. Le Groupe culturel louviérois, uniquement.

– Donc uniquement Ophélia, le comité du G.C.L.... et vous ?

– C'est ça.

Elle est déjà dans sa voiture qui démarre en trombe et franchit le pont-levis à la grande frayeur des volatiles qui en encombrent les parages.

Journal de Franck
Carnet 12
Phrases en désordre

Notes de chevet : acheter un autre carnet. Ne plus m'étendre sur du papier.

Discrétion. Faire la taupe, pas l'autruche.

Ne pas oublier de changer de peau. De rallumer les étoiles.

Ai relu William Butler Yeats.

Trouvé phrases de circonstances.

« Je voudrais avoir l'ignorance de l'aube. » C'est exact. Je ne veux rien savoir. « Tu me dis de prendre l'amour simplement, ainsi que pousse l'herbe, mais j'étais jeune et fou, je n'ai pas voulu te comprendre. »

C'est tellement moi, le goût de la complication. Le mot orgueil est partout dans ces poèmes. Il brille. C'est mon image. Et puis ça « Verrouille bien le volet puisque les vents se déchaînent ». Ces vents-là existent. Je sens que l'on m'accuse, partout dans le village. Les soupçons passent sous la porte. Ils sifflent à mes oreilles. « Je voudrais avoir encore l'ignorance de l'aube. »

Onze

Ophélia doute.

Elle se sent pareille à une eau d'écluse qui bouillonne puis s'apaise sur les flancs du bateau pour s'agiter, encore et encore.

La commissaire est rentrée, perplexe, de la rue des Saules. Elle ne s'est pas épanchée, pas assez pour que la fille des Romano taise ses interrogations.

Se peut-il que Franck soit le voleur de la statuette ?

Pourquoi aurait-il pris un tel risque ?

Par désœuvrement après un retour de voyage ? Pour s'imposer un nouveau défi ? Par idéalisme afin de faire partager aux gens de sa région sa fascination pour l'Égypte ?

Est-il l'auteur du message codé largement diffusé par les médias et nourri de commentaires divers, souvent éloquents ?

Aurait-il ainsi atteint son objectif ?

Claudine Bakir pense que le puzzle de mots découpés est l'œuvre d'un voisin défiant et documenté. Selon elle, ce message est sans intérêt et ne mérite guère d'écho.

C'est aussi l'avis du président du Groupe culturel de la Louve qui a estimé impensable, lors de la dernière réunion, que le fils d'une chirurgienne de Tivoli, famille honorable, puisse, en commettant ce vol finalement gratuit, jeter l'opprobre sur les siens, d'autant que les journaux n'ont pas reçu ce message de délation plus proche du canular que de la basse médisance.

Une comédienne qui a joué une pièce de Jean Louvet au récent festival de Spa s'est levée.

– Demandons à monsieur Harvet, a-t-elle suggéré, de venir nous parler de la légende d'Isis et Osiris, par exemple dans la salle d'exposition de l'ascenseur funiculaire de Strépy-Thieu. Face à la foule, car il y aura foule, le prétendu suspect pourrait se découvrir. Qui sait ? Ou cet homme est l'anonyme, ou il ne l'est pas. Dans les deux cas, le GCL sort gagnant, car le garçon a des connaissances et le risque d'ennui, selon moi, est inexistant.

Ophélia lui a répliqué sur-le-champ que Franck n'accepterait pas.

Ce matin, la fille des Romano est confuse. Elle regrette son intervention précipitée.

Non seulement Franck accepte, il refuse tout émolument, ce qui, dès l'abord, va susciter la sympathie.

Ophélia est déconcertée. Elle se sent attirée par cet homme qui lui est interdit, mais ne

parvient pas à se départir d'une certaine méfiance.

Franck est rusé. Il peut, sans déplaisir, adopter un comportement ambigu qui lui fait office de refuge, voire de bouclier.

À la réunion du GCL, Ophélia a tu la confidence qu'elle accordée à Claudine, l'amie, plutôt qu'à Bakir, la commissaire.

Aujourd'hui, toute honte bue, elle s'en félicite.

Douze

La salle de l'ascenseur est bondée de gens arrivés tôt.

Franck gagne la tribune.

Le président du GCL tente, en termes chaleureux, de décrire l'homme qu'il connaît à peine. Aussi a-t-il l'intelligence de focaliser l'attention sur le voyageur au long cours. Il évoque l'attirance du conférencier pour l'Égypte ancienne. Selon lui, le mot « fascination » eût mieux convenu, mais, vu les circonstances, une réserve s'impose.

Franck ne paraît nullement impressionné. Il remercie le président et déclare, énigmatique, tandis que l'éclairage fond : « J'entends les chants perdus des sirènes de pierre. Sur leurs lèvres d'eau qui ignorent le givre, je lis l'air et les mots qui délivrent. » D'emblée, il projette la première diapo : une vue du temple de Philae voué au culte d'Isis, ressorti des flots et comme déposé sur une île admirable.

Alors que le public s'attend à un rappel historique de lieux et de dates, le conférencier se met à déclamer des vers.

En Égypte, dits et légendes
Sont souvent affaires de rois,
De dieux-rois, de déesses-reines
Lesquels, hors du temps, font offrande

De leurs plus fabuleuses joies,
De leurs plus afflictives peines.
Ainsi donc en fut-il jadis
Des dieux Isis et Osiris.

Harvet marque une courte pause, puis il libère d'autres images qui s'enchaînent au fil des mots.

Il y a longtemps, très longtemps,
Des siècles et des millénaires,
Nouît, la déesse du Ciel,
Et Sibou, le dieu de la Terre,
En cachette se marièrent.
Quand il apprit cette nouvelle,
Râ, le père et dieu tout-puissant,
S'abandonna à la colère.
Partant, son courroux fut si fort
Qu'à sa fille il jeta un sort
La privant de l'enfantement
En quelques mois, en quelque année
Que ce fut et que ce sera.
Comme il se doit en pareil cas,
La déesse fut désolée.

À l'instant, Franck repère Ophélia. Ses yeux croisent ceux de la jeune femme. Il pense y déceler une lueur complice qui décuple son assurance. C'est à elle désormais et à elle seulement qu'il contera les affres et les joies de cet amour royal et légendaire.

Averti de l'envoûtement
De la déesse et non moins femme,
Le dieu Thot au cœur indulgent
Secourut la fille de Râ.
Lors il battit la lune aux dames
En agençant si bien ses pions
Que la perdante lui fit don
Sitôt d'un soixante-douzième
De sa brillance et de ses feux.
Dès lors, l'année fut prolongée.
Elle compta cinq jours entiers
Hors des mois du calendrier.
Aussi noble que généreux,
Thot put donc par ce stratagème
Rompre le charme du dieu Râ.
Ainsi à Thèbes, sans tabou,
Le premier des cinq jours lunaires,
Fils de Nouît et de Sibou,
Osiris reçut la lumière.

Le plaisir de dire transfigure Harvet.

Ophélia en est bouleversée.

Bakir le constate sans étonnement apparent. Aslan est là aussi, un peu à l'écart. Il semble surveiller les réactions, les mouvements du public, les rares entrées et sorties. En fait, les enquêteurs sont persuadés de la présence du fou d'Isis. Ils espèrent un signe plus qu'une maladresse.

Il y a dans la salle quelques figures des mondes politique et culturel, scientifique aussi et une majorité de gens de la région que l'ampleur des rumeurs, le vol de Mariemont, le coffre au contenu étrange, ont attirés ici. Parmi eux, des voisins dont la plupart, en temps normal, ne se seraient pas dérangés.

Franck s'en réjouit. Pour eux, il est « l'artiste ». Bien que péjoratif, l'octroi de ce surnom est exempt de mépris. Il véhicule au plus un zeste de dérision, celui que les personnes ordinaires réservent aux bohèmes.

Au fil du récit, Harvet s'exalte. Il décrit Osiris en tant que maître de toutes choses, souligne la beauté de son visage, sa taille gigantesque – plus de cinq mètres – et narre ce que fut son mariage.

À l'instant précis où Franck révèle qu'Osiris a épousé Isis, sa propre sœur, une partie des spectateurs, ébahie, ne peut réprimer un murmure.

L'orateur s'y attendait. Sans transition, il loue l'œuvre prodigieuse d'Osiris à une époque où les Égyptiens, à demi sauvages, se dévoraient encore entre eux.

La voix de l'orateur, la pénombre obligée, les successions d'images créent une ambiance où l'émerveillement du moment suspend les rumeurs.

Et Franck d'énumérer les travaux du dieu-roi : de l'art de fabriquer une charrue pour cultiver le blé, l'orge et la vigne qui poussaient en friche jusqu'au maniement des armes et des outils tout en inculquant au peuple le respect et le culte des dieux.

De tels propos ne peuvent que recevoir l'agrément de l'assistance.

Il dénonce la jalousie de Seth, frère d'Osiris, et son machiavélisme, explique comment l'impie parvint, lors d'un festin, à enfermer Osiris dans un coffre de bois précieux scellé au plomb fondu et jeté dans le Nil par des complices. Et le cercueil de dériver, dériver, loin, loin…

Un nouveau murmure parcourt l'assistance.

Documents à l'appui, Franck conte, par le détail, l'interminable quête d'Isis, protégée par sept scorpions géants, à la recherche de l'époux abandonné aux eaux.

À cette évocation, le spectre de la dame en blanc qui aurait été aperçue sur le belvédère hante les esprits.

Ophélia esquisse un sourire. Franck réalise qu'elle le lui destine.

Alors il sublime la légende. À la seconde, Ophélia est Isis. C'est elle, exténuée, qui découvre le coffre, à Byblos, caché sous un buisson changé en acacia puis en colonne de palais. C'est elle qui se transforme en hirondelle pour mieux s'approcher de l'arbre puis de la colonne qui recèle le corps de l'époux, du frère.

C'est elle qui, plus tard, ramène le coffre et les restes d'Osiris en Égypte, dans un lieu solitaire. Elle aussi qui met au monde et allaite Horus.

À ces mots, un remous distrait le public. L'image de la statuette volée reproduite par les médias s'inscrit dans les esprits.

Ophélia, figée, est visiblement sous le charme.

C'est elle qui aide Horus à grandir parmi les roseaux et les papyrus. Elle encore qui lui transmet ses pouvoirs magiques afin que le fils venge le père en triomphant, après bien des tourments, de Seth, l'oncle infâme, et des méchants esprits des chemins.

Elle toujours, par ses chants et ses charmes puissants, qui rouvre la bouche, les yeux, les oreilles d'Osiris, délie ses bras, ses jambes, redonne au dieu mutilé le souffle à la gorge et les battements au cœur. C'est elle enfin qui embaume et transforme le corps régénéré en momie – la première – vouée par son dessein à l'immortalité.

Franck conclut.

L'écran s'éteint.

Des mains battent dans la lumière revenue.

Franck cherche Ophélia des yeux. Il ne la trouve plus.

Le président reprend la parole et complimente l'orateur pour sa façon d'exprimer son savoir en le poétisant.

Harvet s'oblige à sourire. Le départ d'Ophélia le navre.

Il répond à quelques questions, refuse de commenter les rumeurs et le vol, ironise à peine sur les chats momifiés et le mannequin sans tête et ne s'attarde pas.

Il sort.

Elle est là, sur le parking, comme en attente.

Il marche vers elle. Mais déjà, des gens les dépassent, quelqu'un hèle Ophélia, la rejoint.

Le charme est rompu.

Franck tend une main.

Ophélia tend la sienne, machinalement, surprise.

Il y dépose un scarabée de résine bleue acheté au Caire et s'en va.

Cette nuit-là, bien qu'éreinté et le cœur en émeute, Franck s'écrit durant un long moment.

Journal de Franck
Carnet 13
Encre bleue.

Je suis sorti de la forêt de longue attente. Le bateau est passé par-dessus la montagne. Ophélia m'aime, je le sais. Elle n'a pas besoin de me le dire. Je l'ai compris pendant la conférence. Je parlais, je l'observais du coin de l'œil. Elle m'écoutait avec une acuité extraordinaire. Une fée à l'écoute du bruit d'une fontaine. Rien de moins. Un moment suspendu. La simplicité des ondes qui s'accordent dans l'espace. Un nœud qui dénoue toutes les angoisses. J'étais galvanisé. J'ai sublimé le texte écrit. Je me suis souvenu de détails que je ne croyais pas savoir. Je tuais le silence en moi à chaque phrase. Ma solitude est tombée, comme la peau ancienne d'un serpent. Qu'on se le dise : la momie Harvet a ôté ses bandelettes. Ophélia m'aime. Je n'ai plus besoin de voyager. Je n'ai plus besoin de fuir. Je n'ai plus besoin d'avoir peur. Je deviens un paysage qui avance. Je n'avais pas prévu de lui donner un scarabée bleu. Je le gardais dans ma poche, comme un talisman. Ah, les yeux d'Ophélia quand sa main s'est ouverte ! De l'étonnement, une hésitation encore, mais le passé s'est noyé à cet instant. Adieu, mon salaud d'ancêtre. Ophélia, la fille des Romano, m'aime, malgré toi.

Treize

La commissaire Bakir jubile.

Jamais elle n'aurait imaginé recevoir chez elle, en cette matinée de congé, à son nom et avec la mention « personnel », une lettre du fou d'Isis.

Elle la relit, exulte.

Aucun doute : c'est le style et l'esprit du premier message codé.

DEPUIS CETTE NUIT,
Ô BONHEUR,
LA DÉESSE ISIS
ALLAITE SON FILS
CHEZ LES DEUX SŒURS.
HORUS VOUS ATTEND
DANS LA BOÎTE AUX ENFANTS.

La commissaire ne revêt pas l'uniforme de service. L'espoir la galvanise. L'heure est à la discrétion, au sang-froid, à l'adresse. Elle s'arme, démarre sans gyrophare et se perd dans le flux des voitures matinales.

Son impatience est telle que le moindre feu rouge la crispe.

Elle parque sa voiture dans la rue Tout-Y-Faut, contourne la Cantine des Italiens encore endormie entre la rue et l'eau.

Elle longe le canal historique, les bateaux-mouches à quai comme pétrifiés sous un soleil indécis qu'une brume tamise.

Elle s'arrête, se retourne, épie les environs.

Personne.

La péniche *Les Deux Sœurs* amarrée à la berge n'est plus pour elle un vestige destiné aux badauds férus de nostalgie, mais un lieu sacré où des dieux de vitrine se languissent dans l'ombre.

Elle se hisse sur le pont, soulève un panneau de l'écoutille arrière qu'elle pousse.

Un escalier de fer ajouré conduit à la cale. Elle le descend.

L'endroit est sombre.

Elle promène une lampe sur les parois humides où se recroquevillent des photos anciennes.

Des bruits de pas.

Elle grimpe quelques marches, émerge au ras du pont.

Fausse alerte !

Ce sont deux joggeurs qui courent vers l'ascenseur n°1.

Elle regagne la cale, rallume la lampe, s'aventure vers l'avant.

Une épaisse paroi de verre en interdit l'accès.

Elle y repère un lit, un fanal, des ustensiles de cuisine.

Elle retrouve l'air et le soleil, longe la péniche, atteint le pont avant, se coule dans la béance d'une écoutille et d'emblée perçoit une boîte oblongue, la boîte, la boîte aux enfants qu'une nasse d'osier encombre.

C'est ici que les mariniers plaçaient leur bambin quand ils étaient à la barre.

Elle ôte la nasse, les journaux chiffonnés.

Une housse de toile apparaît qu'elle palpe.

La commissaire jubile.

C'est l'objet.

La statuette est apparemment intacte.

Elle l'expose à la lumière, l'admire, en tremble de plaisir, s'émeut et, à la seconde, une idée l'assaille, s'échafaude. Un doute la pénètre, la raidit.

Et si son amie Ophélia, sans être le Lupin, était le fou d'Isis ?

L'hypothèse la bouleverse, d'autant que les indices s'accumulent et s'enchaînent sans qu'elle ait besoin de trop s'interroger.

La lettre lui est parvenue à son domicile dont l'adresse ne figure pas dans l'annuaire du téléphone. L'expéditeur connaissait donc ladite adresse ou il a été forcé de se renseigner.

Le *Toscane* d'Ophélia a suivi le parcours présumé du cercueil entrevu sur le nouveau canal.

Des témoins en attestent.

La dame en blanc a probablement été inventée pour accréditer la première rumeur. Ce n'est pas essentiel.

Et tout ça, dans un premier temps, pour attirer l'attention de Franck. Mais la rumeur prend de l'ampleur et submerge la source.

Elle tarit le jeu. Harvet se doute du manège.

Par jeu, lui aussi, peut-être par défi, tente le coup de la statuette.

Le scénario est vraisemblable.

La commissaire a conscience d'avoir pisté un solitaire alors qu'ils étaient deux pour un amour unique.

Elle semble convaincue et s'en veut de ne pas avoir, plus tôt, raisonné de la sorte.

Pour le reste, tout colle : un coffre, ça se trouve, ça s'achète. Du mélilot, du miel de lotus sont des produits rares, certes, mais à Bruxelles ou ailleurs, il existe des boutiques spécialisées. Même la présence du violon s'explique.

Au temps où elles chantaient, l'une et l'autre, à la chorale, Ophélia apprenait le violon au Conservatoire de La Louvière.

Bakir s'anime. Cette hypothèse l'électrise, sans pour autant la combler d'aise.

Ophélia qui a renoué récemment les liens de leur complicité d'enfance a-t-elle voulu, en ajoutant ce violon, lui donner un signe ? Par bravade ?

Ophélia se trouvait partout, même au point de presse du chef de zone. C'est elle et elle seulement qui a reçu le message anonyme rendant Harvet suspect.

Elle n'a pas deviné que son Franck ait pu en être l'auteur. Amener celui-ci à donner une conférence à l'ascenseur de Strépy-Thieu parachevait l'approche.

C'était diaboliquement adroit.

L'orateur n'a pas quitté Ophélia des yeux lorsqu'il a évoqué Isis et sa quête amoureuse.

La commissaire s'exalte. La supposition paraît linéaire sans qu'il faille se plier à admettre pour vraie la part d'invraisemblance qui perturbe une enquête.

Dès l'objectif atteint, il convenait de mettre fin au plus vite à « l'affaire » en rendant au musée sa déesse de bronze, et Franck s'en est chargé à sa façon.

Bakir s'attendrit. Elle songe, un instant, à sa propre solitude, au métier qui vous mange autant qu'il vous comble, qui captive l'esprit et capture le cœur.

Le portable musique un appel.

C'est l'inspecteur Aslan.

Le propriétaire de la voiture repêchée a été identifié. Il s'agit d'un metteur en scène de Liège. L'auto avait été volée devant le théâtre où la troupe répétait. Le mannequin poignardé devait être inséré dans le décor du futur spectacle.

Un mystère se gomme.

La commissaire en soupire d'aise.

– Bonne nouvelle, cher Grégoire, mais comme scoop, j'ai mieux.

Aslan veut en savoir plus. Elle s'y refuse. Il insiste. Elle tergiverse. Il capitule.

– J'arrive.

En voyant la statuette, le chef de zone que rien n'épate va s'épater.

Il y aura l'annonce aux médias, le retour d'Isis et Horus dans la vitrine des *Croyances funéraires*, les interviews, les commentaires.

– Comme jour de détente, il y a pire ! s'exclame la commissaire en contemplant le bronze.

La voiture redémarre.

Bakir est décidée à ne pas dévoiler sa source, pas tout de suite ! Elle ne révélera pas son doute, pas encore.

Quatorze

Depuis la conférence de Franck, Ophélia est nerveuse. Le scarabée bleu ne la quitte plus. Elle sait que c'est un talisman ou du moins qu'il est censé l'être. Mais qu'importe : il est don.

Elle a en mémoire les deux dernières phrases de l'exposé : « Il faut se garder des chimères : les dieux ne sont pas la lumière. Ils brillent par nos propres reflets et s'éteignent dès que nous flamboyons. »

Le fils des Harvet qu'elle croyait introverti comme certains solitaires sait se montrer disert puis, à l'image des momies, se réfugier dans un linceul de lin afin de préserver, en lui, l'un ou l'autre mystère.

Ophélia est à la fois impressionnée, désarçonnée, et en même temps heureuse.

Alors qu'il parlait, elle a bien vu que Franck remarquait son sourire comme elle a perçu son exaltation, deviné le transfert tandis qu'il évoquait Isis en des termes choisis.

Ce soir-là, elle s'est sentie charmée, envoûtée par les mots de Franck, ses regards appuyés et son emballement.

Ophélia monte à bord du *Toscane* qu'elle amarre sur le bras de canal jouxtant la *Cantine des Italiens*. Elle éprouve un besoin immédiat de large, d'étourdissement.

Après le passage des ascenseurs, le bateau s'arrête devant le pont-levis du quai de Maurage.

Sans la voiture parquée dans l'allée latérale, la maison de Franck semblerait inhabitée. Rien ne révèle sa présence

Alerté par radio, le pontier de Bracquegnies s'amène. Sa camionnette empoussière les berges.

Le *Toscane* passe le pont mobile, puis plus loin, à hauteur de la place Hardat, il franchit l'ascenseur n° 4, monumental par sa structure de fer et pourtant familier.

Ophélia espère la présence de Franck sur la péniche morte.

Il y est, les coudes sur les genoux et le regard lointain.

Ophélia ne déroute plus le *Toscane*. Elle s'approche de l'épave.

Franck reste assis, mais la pâleur de son visage trahit une émotion qu'il veut dissimuler.

Il arbore un sourire plus parlant qu'une voix et saute sur le pont.

Ophélia dirige son bateau le long de la cimenterie fantôme et l'immobilise dans une impasse connue des seuls pêcheurs et des aquarellistes.

À cette heure matinale, l'endroit est encore désert.

Franck comprend qu'Ophélia et lui, à l'image du bateau, vont enfin jeter l'ancre en remuant les eaux.

Journal de Franck
Carnet 13
Écriture soignée

Il s'est passé tant de choses aujourd'hui. Une autre vie commence, après un seul enlacement. En rentrant, j'ai eu besoin de retendre le fil, de renouer avec moi-même.

Alors, je viens de relire plusieurs carnets.

Le carnet 7, couverture rouge, sent encore mon parfum d'adolescent. Odeur acidulée. Trop d'ambre. J'écrivais en me prenant pour Baudelaire. Ma provocation sentait le réchauffé. Et l'amour, je le décrivais avec la volupté de ceux qui ne savent pas quoi faire de leur corps.

Les carnets 8 et 9, abandonnés cent fois pendant les études, repris avec paresse : un fouillis de notes, d'éclairs comme de replis, des adresses d'amours de passage, des lectures. Des projets d'opéra égyptien, avec un chœur digne de Mahler ou de Verdi. À mourir de rire. Et puis, des bribes de poèmes, par poignées. Un souk de mots, page après page. Pourquoi pas ? Je ne renie rien, même à distance. Le grand Apollinaire avançait ainsi, par carnets raturés et notations éparses.

Le carnet 10, je l'ai perdu au Caire, oublié dans un taxi ou volé, je ne sais plus. J'y avais écrit mes meilleurs textes. On dit toujours ça. C'est commode. Mais il est vrai que la lente dérive d'une felouque convenait à merveille à l'écriture des vers. Le même balancement. La même lourdeur qui danse.

Le 11, je ne l'ai pas relu. Trop sombre. Encre noire. Pensées de la même couleur. Puis, enfin, j'ai parcouru les quelques pages récentes du carnet 12. Là, j'ai compris. Le rouge, d'un seul coup, m'a sauté aux yeux.

Si quelqu'un était tombé sur ce carnet, ou si une perquisition avait eu lieu ici, j'étais cuit. Même si je suis étranger aux événements qui ont secoué la région et restent, pour la plupart, non élucidés, je les ai appelés de mes vœux dans ce journal. Pour les flics, ce serait comme un début de preuve. J'étais réjoui. Le vol de la statuette m'a rendu lyrique.

Comme tout ceci est ambigu à souhait ! Allez expliquer ensuite devant vos juges qu'il faut séparer le désir et les actes ! Heureusement, je crois être définitivement disculpé. Je n'ai pas compris très vite que je serais le suspect numéro 1. Tout m'y prédisposait. Cette manie de l'Égypte. Mon côté mystérieux, ténébreux. Mon personnage.

Il n'empêche : c'est presque un compliment d'avoir été accusé à tort. J'aimerais connaître le fou d'Isis. Nous aurions un dialogue complice, c'est certain. Les cambrioleurs, de nos jours, manquent de culture : ils volent de la vaisselle, mais ne voient pas l'œuvre d'art qui leur pend au nez. Pas ce voleur-là.

J'ai même rêvé un moment qu'il était Ophélia. Je la voyais dans un fourreau noir marcher sur les toits, un peu fauve et très femme à la fois.

Ce soir, j'ai l'odeur de sa peau sur ma joue. Notre étreinte fut longue, douce. Je suis monté sur son bateau sans hésiter, comme si ces gestes étaient écrits, dictés de longue date. Nous nous sommes embrassés avec le même élan.

Rien de cinématographique. Juste un baiser. Des corps qui se touchent sans avoir besoin d'aller plus loin. Pas encore. Avec la certitude que l'histoire qui commence est déjà un voyage. Je crois qu'un jour, je lui donnerai ces carnets. Bien sûr, un journal intime, par définition, ne regarde que soi. Mais je veux qu'elle me connaisse, dans mes errances comme dans mes retrouvailles, dans mes petitesses comme dans mes rêves de grandeur. Écrire, c'est toujours être nu devant le miroir des autres. Aujourd'hui, symboliquement, je viens de le traverser.

Quinze

La région du Centre, peu à peu, retrouve sa quiétude, même si, dans maints esprits, le contenu du coffre continue d'intriguer.

Sur le canal historique, les allers-retours des bateaux-mouches et du petit train sont plus nombreux qu'avant.

L'excursion dans le domaine du fou d'Isis est à la mode.

Comme il fallait s'y attendre, la péniche *Les Deux Sœurs* monopolise les regards.

Pour certains badauds que les mystères transcendent, le lieu sert de prétexte à des recueillements. Des gens se signent devant le bateau parce qu'il fut habité par une divinité, fût-elle de métal.

À Mariemont aussi, les visiteurs se pressent. Le Musée royal ne désemplit plus. Son système de détection d'intrus a été renforcé.

Au premier étage, vitrine A7 des *Croyances funéraires* de la salle Égypte, *Isis allaite Horus* trône à présent devant tant de curieux qu'il faut limiter la durée des visites et doubler les rondes.

Bien que la statuette ait été rendue, l'enquête n'est pas close. Mais pour le chef de zone, la commissaire et Aslan, d'autres priorités, à présent, les occupent.

Plus de nouvelle rumeur ni de message.

Le fou d'Isis s'est tu, mais il reste tapi dans l'ombre et les mémoires.

En ressortira-t-il ?

Les autorités communales ne s'inquiètent pas outre mesure. L'inconnu n'est pas dangereux, mais son action médiatisée, parce qu'originale, pourrait servir d'écran à des individus aux mobiles moins louables. Toute affaire d'importance génère des dérives : des lettres de menaces aux alertes bidon que la police traite avec pondération et, la plupart du temps, sans en donner écho.

Hier encore, un incendie de broussailles à proximité du nouvel ascenseur aurait alimenté des commérages.

Aujourd'hui, la cause accidentelle est admise sans réserve : une faucheuse a tailladé un câble, provoquant l'étincelle qui déclencha le feu. L'intervention des pompiers n'ameuta que le voisinage immédiat et quelques curieux de passage.

Après avoir, comme on brise une amarre que la rouille a rongée, rompu cet interdit qui les navrait hier, Ophélia et Franck se sont revus, se voient et ainsi se découvrent. Ils vivent au présent et sans se retourner, pareils aux montagnards qui visent les sommets sans regarder en bas.

Quand le travail les sépare, leur solitude pèse. C'est la dîme à payer pour un bonheur à deux.

Ils se moquent des potins qui doivent, à leur insu, nourrir les propos de commères postées derrière leurs rideaux.

Une tacite connivence désormais les lie. Mais au-delà de la ferveur, sans qu'ils en prennent ombrage, tous deux restent conscients que leur bonheur du jour, ils le doivent, peu ou prou, aux lubies, aux manies d'un Lupin anonyme dont Harvet tente mais ne parvient pas, pas encore, à cerner le profil.

Seize

C'est la fête à l'ascenseur géant, un vingtième anniversaire qui salue, honore le second plus grand ascenseur du genre au monde. Le soir est différent des autres crépuscules par l'illumination du site, l'écho des haut-parleurs.

En amont de l'ascenseur funiculaire, une péniche-témoin apparaît. Emmenées par les bourgmestres du Rœulx et de La Louvière, d'importantes personnalités de tous milieux s'y pressent.

Aussitôt, par les forces conjuguées de poulies et de câbles, c'est la descente verticale.

Et l'eau bruit dans le bac, de partout, et l'eau brasse et l'eau chasse et casse les remous.

De minute en minute, sept en tout, la péniche est transférée du garage d'amont jusqu'au bief d'aval.

Au niveau -1, de nombreux invités se groupent pour la séance académique.

Parmi eux, Ophélia, rayonnante, capte tous les regards. Elle porte une robe égyptienne calquée sur celle d'Isis. Franck l'avait achetée à Louxor. Il s'était juré d'en faire présent à la femme qui l'aimerait et qu'il saurait aimer.

Un film est projeté qui retrace des années d'efforts, de doute et d'enthousiasme.

C'est l'heure des discours.

Comme il se doit, le ministre wallon de l'Équipement et des Transports rend hommage à ses prédécesseurs. Il évoque les perspectives économiques, écologiques du transport fluvial que le nouveau canal génère et générera. Et de révéler à un public en éveil que la charge utile d'une péniche de treize cent cinquante tonnes équivaut à celle d'un convoi de camions sur quatre kilomètres.

Les mots portent et suscitent quelques chuchotements et des conciliabules. Aucun discours ne s'éternise.

L'eau est alors louée en tant que moteur et véhicule de progrès, hier pour le transport des matières premières, notamment le charbon, et dès aujourd'hui, pour une meilleure mobilité.

L'orateur, avec conviction, met en exergue le formidable outil de développement touristique que constitue déjà, et demain plus encore, le canal du Centre historique.

« Grâce à ceux qui y ont cru durant des décennies, conclut le ministre, en dépit de ceux qui n'y croyaient pas à l'origine, la merveille est là, ouverte sur le ciel, ouverte sur le temps présent et les ans à venir. »

Chacun applaudit sans réserve. Franck aperçoit sa mère parmi d'autres médecins de Tivoli.

Ce qu'il voit le rassure.

Le docteur Harvet s'avance vers les Romano que les mondanités impressionnent. Ils sympathisent. Sans doute, au préalable, se sont-ils dit ce qu'ils voulaient entendre. Et, à la seconde, tel un double présage, c'est l'instant historique où le futur s'érige en garant du passé.

Aux interventions diverses succèdent des bravos, des plats de mise en bouche, des flûtes qui pétillent, des *Saint-Feuillien* blondes et brunes.

Dans sa robe d'Isis, Ophélia rayonne.

Des connaissances l'entourent, la complimentent.

Franck l'attend.

Madame Harvet s'approche de son fils et l'embrasse. Sans un mot, elle l'entraîne à l'écart et lui remet un objet emballé dans un papier cadeau.

Franck tâte l'objet, croit comprendre. Il s'isole dans les toilettes, déchire l'emballage et comprend.

C'est un archet, un petit archet de violon d'enfant qu'il fourre sous son pull. Franck vacille sous le choc de l'offre inattendue qui le bouleverse autant qu'il le laisse sceptique.

Il réapparaît, s'oblige à la gaieté.

Ophélia a rejoint ses parents. Elle rit haut.

Dans le noir, brusquement, s'élève une clameur…

Et c'est la fête des yeux que les *Productions Dragone* ont voulue telle et qui rappelle celle qui présida, en 2002, à l'inauguration de l'ascenseur géant.

Le spectacle est grandiose. La foule venue tôt s'ébahit tant la magie estampe l'immensité du site livré aux artifices de feu et de couleurs.

Symbolique la petitesse du funambule en marche sur un câble tendu entre l'eau et les nues ; symbolique la descente, en parallèle, le long du mur de béton, d'un colosse planté sur une barque métallique.

Symbolique enfin, en contrebas et au départ des barges, ces travailleurs en blanc et leur bengale rouge sériant, scène après scène, la splendeur du moment.

Madame Harvet s'apprête à partir. Elle salue l'un et l'autre, adresse à Franck un sourire malicieux et s'éloigne.

Franck croyait sa mère lointaine, elle était restée proche de lui, assez pour l'intriguer, le garder à distance et lui permettre d'être celui qu'il désire être. Ce qui, hier encore, paraissait inconcevable va-t-il se muer en lui et malgré lui, dès demain, en certitude ?

Dix-sept

Franck attend Ophélia pour partager un repas avec elle et rien qu'elle. Dans le même temps, Madame Harvet a rangé sa voiture le long des villas de la rue des Saules. Elle marche sans hâte vers la maison de Franck.

Un vent d'ouest venu du canal agite les rideaux de l'étage.

Elle traverse la cour.

Personne en vue.

Elle gravit l'escalier de fer qui aboutit à la salle de séjour.

Personne.

Un lampadaire de lin tamise la lumière.

La table est mise.

Sur la nappe bigarrée, un chandelier sépare deux couverts.

Une musique orientale, douce à ravir, crée une ambiance propice aux songes.

Franck survient.

La venue non annoncée de sa mère le surprend plus qu'elle ne le déconcerte. Il s'attendait à la revoir, mais pas ce soir. Justement pas ce soir.

Ils ne se toisent plus, ils se regardent.

Franck lui prend une main et la garde.

– Ainsi, c'était toi ?

Elle acquiesce d'un signe de tête.

Il insiste :

– Les rumeurs, le cercueil, la dame du belvédère, c'était toi ?

– C'était moi. Un on-dit confié sur le ton de la confidence à quelques patientes de l'hosto bien ciblées, et les bruits se sont répandus au-delà de mes espérances. Aujourd'hui plus qu'hier, cher fils, nous vivons dans l'ère du soupçon, de la rumeur en réseau.

– Le coffre balancé sous le pont, c'était toi ?

Franck varie le ton, bien qu'il ait ses certitudes. Elle comprend le jeu, mais feint d'en ignorer la règle.

– Le coffre ? dit-elle posément. Acheté chez un brocanteur. Le mélilot, le miel ? Des cadeaux d'opportunité, ceux d'une stagiaire africaine en fin de contrat qui rentrait au pays. Quant au violon…

Madame Harvet hésite, comme si l'explication qu'elle se doit de donner était un fardeau.

Franck patiente.

Elle se décide et exhibe l'objet :

– Le petit violon du coffre appartenait à ma grand-mère, Jeanne-Marie. Elle avait dix ans quand son médecin de père ne s'est pas dérangé, comme il le devait, pour soigner la batelière. Dès qu'elle a appris l'acte commis par son père, la fillette n'a plus voulu toucher au violon qu'il lui avait offert. Pire ! Elle a abandonné la musique, mais a conservé l'instrument. Elle me l'a offert plus tard en me faisant promettre de garder le silence, ce que j'ai fait jusqu'à cet instant.

Franck se plante devant la fenêtre.

Sur l'horizon assombri, l'ancien canal n'est déjà plus qu'un trait noir, immobile entre les chemins de halage.

– En noyant le violon, tu exorcisais, à ta façon, les vieilles haines, c'est ça ?

– C'est ça.

Franck quitte la fenêtre.

– Ne me dis pas que le vol au musée, c'était toi aussi ?

Elle opine en soupirant.

– C'était moi.

– Toi seule ?

– Moi seule.

– Mais pourquoi ?

– Tu m'as assez répété que j'étais bien trop rigide, incapable de faire une folie, non ? J'ai tout conçu, réalisé et finalement réussi au-delà de mes souhaits.

Ils se regardent comme des gens qui s'étaient perdus de vue et s'étonnent de se retrouver.

Un silence s'établit.

Franck s'exclame, encore incrédule :

– Ma mère : le fou d'Isis ? Ma mère : le nouveau Lupin ? C'est dément !... Explique, explique.

Il la presse, elle ajoute :

– En me rendant à la cérémonie du thé que le musée met sur pied certains dimanches, j'ai surpris une conversation et appris que le système d'alarme venait de tomber en panne et qu'un technicien viendrait le réparer, le lendemain, jour de fermeture.

Le fils s'anime, se veut complice :

– Et c'est alors que tu décides de te laisser enfermer dans le musée.

– Oui, en me cachant derrière le Pavillon de Thé.

– Explique, explique.

– La nuit d'attente m'a paru pénible. J'étais loin des brûle-parfums d'alcôve et de la dégustation raffinée de biscuits japonais.

Elle rit, reprend :

– Lors de ma visite, j'avais repéré la statuette dans une vitrine. Une idée folle me traverse l'esprit. La joindre à celles d'Isis et d'Osiris, même très provisoirement et ainsi hausser le mystère.

Elle revit la scène, s'exalte :

– Briser la vitre ? Impensable ! Il y a l'épaisseur du verre. Il y aurait le bruit. J'avais emporté ma trousse pour prévenir un éventuel vol dans ma voiture. Avec un scalpel, je tente de crocheter la serrure de la vitrine. Elle cède. Je regagne ma cachette et somnole. Au matin, chose incroyable, c'est le Léon d'un paon qui me réveille.

Franck est figé, ce qu'il entend le sidère. La mère poursuit son récit. Elle paraît maintenant hors du temps et d'elle-même.

– Bientôt, des bruits de voix retentissent au rez-de-chaussée. Un matin de fermeture ? C'est l'arrivée des nettoyeuses. L'ascenseur bruit. Je descends l'escalier et me planque dans le hall sous une table lourde de livres. De là, je vois sans être vue. Après un moment, je m'aventure du côté de l'administration, la seule issue possible. Un garde est attablé devant la porte arrière. Alors là, un coup de chance ! L'homme ne tarde pas à s'isoler dans les toilettes.

– Et tu files ?

– Traverser le parc avec ma statuette m'a rendue folle… de joie.

– Pourquoi avoir pris tant de risques ?

– Pour toi, pour moi, pour nous, pour te surprendre, pour m'épater, pour te trouver comme tu veux être et en te retrouvant me découvrir comme je n'ai jamais été.

Elle marque un temps puis murmure :

– Pour Ophélia aussi.

– Pour Ophélia ?

Madame Harvet redevient sereine :

– J'ai été prise à mon jeu, dépassée même par les événements. J'ai assisté incognito à ta conférence, Franck. Tes regards, le sourire d'Ophélia ne m'ont pas échappé. Quand, en évoquant Isis, tu es devenu lyrique, j'ai su que tu aimais la fille des Romano. À la fin de ton exposé, son trouble a été pour moi un aveu. Elle t'aime aussi, Franck.

Il veut répondre mais y renonce, soudain blême. Ophélia Romano est là, figée dans l'encadrement de la porte. Sans doute a-t-elle tout entendu ?

– La porte d'entrée était ouverte, dit-elle simplement.

Franck s'approche d'elle. Il la prend dans ses bras, la serre. Elle répond à l'élan.

Les voyant heureux de l'être, la mère se retire sans un mot, comme transfigurée.

Ils ne la retiennent pas, certains de la retrouver bientôt.

L'heure n'est plus à l'urgence.

Ce soir-là, le dîner accusa un long retard.

Des mêmes auteurs

La bibliographie des deux auteurs, ainsi que les récompenses obtenues, s'étendant sur une dizaine de pages, on consultera

Pour Pierre Coran

https://fr.wikipedia.org/wiki/Pierre_Coran

Déjà parus aux éditions M.E.O.

Les chemins de Janus, poésie, 2012

Mémoire blanche, roman, 2017 (réédition, édition originale Le Seuil, Paris, 1997.

Pour Carl Norac

https://fr.wikipedia.org/wiki/Carl_Norac

Achevé d'imprimer en juin 2025
en Union Européenne
pour le compte des Éditions M.E.O.